¿QUIERES SER MI AMIGO?

AMY HEST · JENNI DESMOND

nubeOCHO

La conejita Lola y el perro Simón son vecinos.
Una valla de madera separa sus casas.

La casa de Lola es azul.

En su buzón ha puesto un cartel que dice:

CASA DE LOLA NO ENTRAR

Lola tiene una mesa de comedor, una cama,
una lámpara para leer y también chocolate,
un montón de chocolate.

La casa de Simón es roja. En la puerta, un cartel dice:

CASA DE SIMÓN NO MOLESTAR

Simón tiene una mesa de comedor, una cama,
una lámpara para leer y también galletas,
muchas galletas.

Cada mañana, lo primero que hace Lola
es mirar desde su jardín a Simón.

Y lo primero que hace Simón
es mirar desde su jardín a Lola.

No se saludan. No dicen hola ni buenos días.

Lola salta,

planta
semillas de
zanahoria,

las riega,

ÑAM
ÑAM

y de vez en cuando mira a Simón.

Cuando se hace de noche, se mete en la cama, lee,
bebe sorbitos de chocolate y mira por la ventana para
ver si hay luz en la pequeña casa roja.

DELICIOSAS
ZANAHORIAS →

Simón da saltos y
olisquea todo el día.

Juega con su pelota,

excava en la tierra,

y de vez
en cuando
mira a Lola.

Todas las noches se mete en la cama, lee, mordisquea sus galletas y mira por la ventana para ver si hay luz en la pequeña casa azul.

Las estaciones pasan:
el verano, el otoño, el invierno y la primavera.

Lola y Simón nunca se saludan. Podrían preguntar:
"¿Nos vamos de pícnic?", pero no lo hacen.

Una noche, Lola no puede dormir y sale de casa para ver
las estrellas. Simón también está allí. Lola lo mira y piensa:
«Simón está muy solo, necesita una amiga o un amigo,
¿quién podría ser?».

Esa misma noche, Simón mira la Luna
sobre el tejado de su vecina y piensa:
«Lola está muy sola, necesita una amiga o un amigo,
¿quién podría ser?».

De repente, una estrella fugaz
cruza el cielo nocturno.

Es preciosa, pero en un instante, desaparece.

Simón y Lola
se miran a los ojos.
¡Los dos han visto una estrella fugaz!

Lola vuelve a su casa y se tumba
debajo de la mesa pensando en Simón
y en la estrella fugaz.

Se queda pensativa durante un buen rato.

En la pequeña casa roja, Simón se sienta
en una silla y piensa en Lola
y en la estrella fugaz.

Se queda pensativo durante un buen rato.

Esa misma noche los dos salen de sus casas.

Lola lleva chocolate en dos tazas,

se acerca despacito a la valla de madera.

Simón la está esperando con una cesta llena de galletas.

—¡Yo puedo ser tu amigo!

—¡Y yo puedo ser tu amiga!

Lola y Simón se ponen manos a la obra
y cavan un agujero por debajo de la valla de madera.

Muy pronto el agujero es del
tamaño de Simón. Ahora él
puede ir al jardín de Lola,

y ella puede ir al jardín de Simón.

El chocolate está calentito y las galletas son riquísimas.

Los dos han visto una estrella fugaz...

... y desde entonces
son amigos inseparables.

Para Lily y Gabby,
mis mejores lectores, con cariño.
A.H.

Para Rachel, que me acompañó toda la vida,
desde que teníamos cuatro años y empezamos la escuela.
Con admiración.
J.D.

NubeOcho
www.nubeocho.com · info@nubeocho.com

nubeOCHO

Publicado originalmente en 2017 por Walker Books.

On the Night of the Shooting Star
© del texto: Amy Hest, 2017
© de las ilustraciones: Jenni Desmond, 2017
© de esta edición: NubeOcho, 2019
Traducción: Luis Amavisca y Salvador Figueirido, 2019

ISBN: 978-84-17673-10-9
Depósito legal: M-33196-2018
Publicado de acuerdo con Walker Books Ltd. Impreso en China.